AF358150

Vente le Jeudi 7 Novembre 1867.

TABLEAUX

CURIOSITÉS. — ÉMAUX

PROVENANT DE DIVERSES COLLECTIONS

Exposition publique le Mercredi 6 Novembre 1867

Me CHARLES PILLET,	M. FEBVRE,
COMMISSAIRE-PRISEUR	EXPERT

1867

EXEMPLAIRE DE H. STETTINER

CATALOGUE

DE

TABLEAUX

OBJETS DE CURIOSITÉ

et

ÉMAUX

Provenant de diverses Collections

DONT LA VENTE AUX ENCHÈRES PUBLIQUES

AURA LIEU

HOTEL DROUOT, Salle N° 2

Le Jeudi 7 Novembre 1867

A UNE HEURE ET DEMIE

Par le ministère de M⁰ **Charles PILLET**, Commissaire-Priseur,
rue de Choiseul, 11,

Assisté de M. **FEBVRE**, Expert, rue Laffite, 12.

Chez lesquels se trouve le présent Catalogue.

EXPOSITION PUBLIQUE

Le Mercredi 6 Novembre 1867, de une heure à cinq heures.

CONDITIONS DE LA VENTE

Elle sera faite au comptant.

Les adjudicataires payeront *cinq pour cent* en sus des enchères.

L'exposition mettant le public à même de se rendre compte de l'état des objets, il ne sera admis aucune réclamation une fois l'adjudication prononcée.

853. — Paris. — Imprimerie de PILLET fils aîné, rue des Grands-Augustins, 5.

TABLEAUX

DROLLING.

1 — Le Dévidoir.

FONTENAY.

2 — Fleurs.

FRANCK.

3 — Composition religieuse.

HOLBEIN.

4 — Un portrait d'homme.

LÉPICIÉ.

5 — La Regratteuse.

6 — La Blanchisseuse.

LEMOINE.

7 — La Décollation.

MIGNARD.

8 — Portrait d'une dame tenant un petit chien.

PLATZER.

9 — Les Chanteurs.

10 — Les Buveurs.

HUBERT-ROBERT.

11 — Paysage avec personnages.

TAUNAY.

12 — Attaque d'une berline par des brigands.

TIÉPOLO.

13 — Plafond.

VAN ROJEN.

14 — Portrait de femme mise à la mode du temps.

WATTIER.

15 — Causerie dans un parc.

ÉCOLE ITALIENNE.

16 — Vierge tenant sur ses genoux l'Enfant Jésus.

AUTRES TABLEAUX

17 — Lenfant, de Metz. — Tête de jeune fille.

18 — Largillière. — Tête d'homme.

19 — Rigaud. — Tête d'homme.

20 — Huet. — Intérieur d'une ferme.

21 — Boucher. — Tête de femme.

22 — Wynants. — Paysage.

23 — Inconnu. — Tête de femme.

24 — Inconnu — Tête de femme.

25 — Valin. — Femmes dans un parc.

26 — Peinture sur verre.

27 — Raffet. — Napoléon Ier.

28 — Saint-Aubin. — Réunion de personnages dans un parc.

29 — Drouais. — Tête de jeune femme.

30 — Boucher. — La Pêche.

31 — Inconnu. — Tête de femme.

32 — Portrait de Watteau.

33 — Fragonard. — Le Baiser.

34 — Portrait de la duchesse de Lorges.

35 — Autre portrait du temps.

36 — Couturier. — Poules et Coqs.

37 — Boucher. — Dessus de porte.

38 — Inconnu. — Composition d'après Watteau.

ÉMAUX

39 — **Le Mois d'avril**, par Penicaud, faisant partie d'une suite gravée par Étienne de Laune.

Assiette en émaux de couleurs sur fond noir, avec emploi de rehauts d'or. Diam., 198 millim.

Un châtelain se livre aux plaisirs de la chasse. Son piqueur sonne du cor. Une meute de chiens s'élance à la poursuite d'un cerf.

Très-beaux enlacements et arabesques semblables au rebord et au revers de l'assiette.

40 — Le Mois de novembre, par Penicaud, faisant partie d'une suite gravée par Étienne de Laune.

Assiette en émaux de couleurs sur fond noir, avec emploi de rehauts d'or. Diam., 198 millim.

Un berger conduit deux troupeaux : l'un de brebis, l'autre de porcs. Une femme sommeille, étendue sur l'herbe.

Très-beaux enlacements et arabesques semblables au rebord et au revers de l'assiette.

41 — Coupe, par Pierre Raymond.

David calme, au son de la harpe, les emportements du roi Saül. Grande composition, avec de nombreux personnages.

Bords avec arabesques d'or. Au revers, têtes d'anges et enlacement blanc mat sur fond noir. Monture en chêne sculpté.

Tirée de I, *Rois*, xvi, et signée P. R.

42 — Plaque, par Pierre Raymond.

Épisode du siége de Troie. — Choc de guerriers luttant corps à corps. Composition importante.

43 — Flambeau, par Pierre Raymond.

Les Petits Vendangeurs. Deux jeunes enfants portent le raisin dans la cuve et se livrent aux plaisirs des vendanges. Très-fine exécution de Pierre Raymond. Monture en chêne sculpté.

44 — Très-belle Plaque, par Penicaud.

Cette grande composition représente le douziéme chapitre de l'*Énéide*.

Turnus s'agenouille et demande aux dieux d'épargner la ville. Conduit par l'augure, il assiste au combat du vaillant

Mesops. Troie succombe enfin dans un embrasement général.

Cette belle composition, qui réunit de nombreux personnages, est en émaux de couleurs avec rehauts d'or.

45 — **Plaque.** Composition religieuse, par Bernard Limosin.

46 — **Plaque.** Composition pouvant servir de suite au numéro précédent.

47 — **Plaque.** Scène religieuse, par Bernard Limosin.

48 — **Plaque.** Composition pouvant servir de suite au numéro précédent.

49 — **Plaque**, par Perricaud.

Animaux dans un bois. Petite plaque d'une très-fine exécution.

50 — **Plaque**, par Penicaud, pouvant servir de suite au numéro précédent.

MINIATURES

51 — Fragonard. — Tête d'enfant.

52 — Lépicié. — Tête de jeune homme.

53 — Challe. — Tête de jeune femme.

54 — Huet. — Tête d'enfant. (Signé.)

55 — Très-fine miniature, par *Andrew Plimer*. Portrait of miss Hall by Andrew Plessier. Date, about 1778.

56 — Deux miniatures : Les Danseuses de corde.

IVOIRES

57 — Oliphant. — Très-fine exécution de la Renaissance, avec armoiries.

58 — Cornet à jouer avec ses dés.
Est figurée sur ce coffret la scène du *Mauvais Débiteur*.

59 — Composition religieuse: Nombreux personnages.

60 — Crosse d'abbesse : Jésus au milieu des docteurs.

61 — Deux figures de saints, d'une très-fine exécution : Saint Paul et saint Jean.

COFFRETS

62 — Coffret Louis XIII. Fond vert garni de cuivre sur toutes ses faces.

63 — Coffret Louis XIII. Fond rose, garni de cuivre.

64 — Coffret Louis XIII, en cuir doré, avec ses flacons.

65 — Coffret Louis XIII, en cuir doré, garni de ses flacons.

66 — Coffret Louis XIII, en cuir doré.

67 — Coffret Louis XIII, en cuir doré.

68 — Coffret Louis XIII, en cuir doré.

69 — Coffret Louis XIII, en fer.

70 — Coffret Louis XIII, en bois et clous dorés.

HORLOGES

71 — Horloge Louis XIII, garnie de son mouvement et surmontée d'un timbre.

72 — Horloge ornée de pierreries.

73 — Une petite horloge.

74 — Moustrance. — Beau travail ancien, monté sur pied finement émaillé.

SÈVRES, FAIENCES et OBJETS DIVERS DE CURIOSITÉ.

75 — Tasse en sèvres, ayant appartenu à Marie-Louise. Armes du service particulier et armes de la maison. Le portrait de la Reine est exécuté et signé par Constantin.

76 — Miroir en écaille sur toutes ses faces, ayant appartenu également à Marie-Louise.

76 *bis*. — Ancienne porcelaine tendre de Sèvres. Six tasses à café, six soucoupes, un pot à lait, un sucrier, un pot à café.

77 — Ancienne porcelaine tendre de Sèvres. Quatre tasses à café avec leur plateau.

78 — Un sucrier en ancienne porcelaine tendre de Sèvres. Monture sur pied de bronze doré.

79 — Sucrier fond bleu, en porcelaine de Sèvres, décoré d'un médaillon et de fleurs.

80 — Thé en vieux chine. Cinq petites pièces.

81 — Très-belle soupière en vieux chine et d'une forme très-originale.

82 — Deux pots de fleurs, anses dorés, en ancienne faïence.

83 — Coupe en faïence d'Urbino.

84 — Deux assiettes très-bien décorées, fond bleu, en porcelaine de Chine.

85 — Assiette en porcelaine de l'Inde, représentant une Cérémonie de mariage.

86 — Plat en faïence de Bernard Palissy.

87 — Deux soupières en vieux japon, fond vert.

88 — Très-belle corbeille de fruits en ancienne faïence, décors à jour, avec son plateau.

89 — Un étui en porcelaine de Saxe, fond rouge, avec décor.

90 — Un petit flacon en porcelaine de Saxe.

91 — Un petit flacon en porcelaine du Japon.

92 — Deux vitraux anciens.

93 — Deux statuettes antiques, en bronze, figurant l'Abondance et la Paix.

94 — Deux statuettes antiques en bronze, figurant le Joueur de flûte et le Joueur de cornemuse.

95 — Mercure ancien, en bronze.

96 — Deux grands plats en cuivre, avec écussons et armoiries.

97 — Une paire de chenêts Louis XVI, provenant du marquis de Gavaret.

98 — Une paire de petits flambeaux Louis XVI, à deux formes.

99 — Deux médaillons : de Louis XVI et Marie-Antoinette, en porcelaine de Sèvres.

100 — Une croix en bronze, style byzantin.

101 — Un cocotier en sèvres, fond vert, et un autre petit vase en sèvres, fond rose.

102 — Écran en jade, très-finement sculpté.

103 — Deux cadres Louis XIII et Louis XV, en bronze doré.

104 — Deux cadres en bois doré.

105 — Un meuble en écaille, à différents compartiments.

106 — Une coupe en cristal de roche enfumé, matière très-rare. Petite monture Louis XVI.

107 — Un grand vase en cristal de roche, époque Louis XIV, monture en étain.

108 — Une cafetière en vernis de Martin.

110 — Deux vases et encrier en faïence.

111 — La Vierge. Miniature.

112 — Jésus. Miniature.

113 — Miniature à l'huile. Tête de femmes.

114 — Les Fables et les Contes de La Fontaine. Belle édition en cinq volumes, avec gravures, par J. Moreau.

115 — Vitrine en chêne sculpté, garnie de velours et de glaces.

116 — Un très-beau picler.

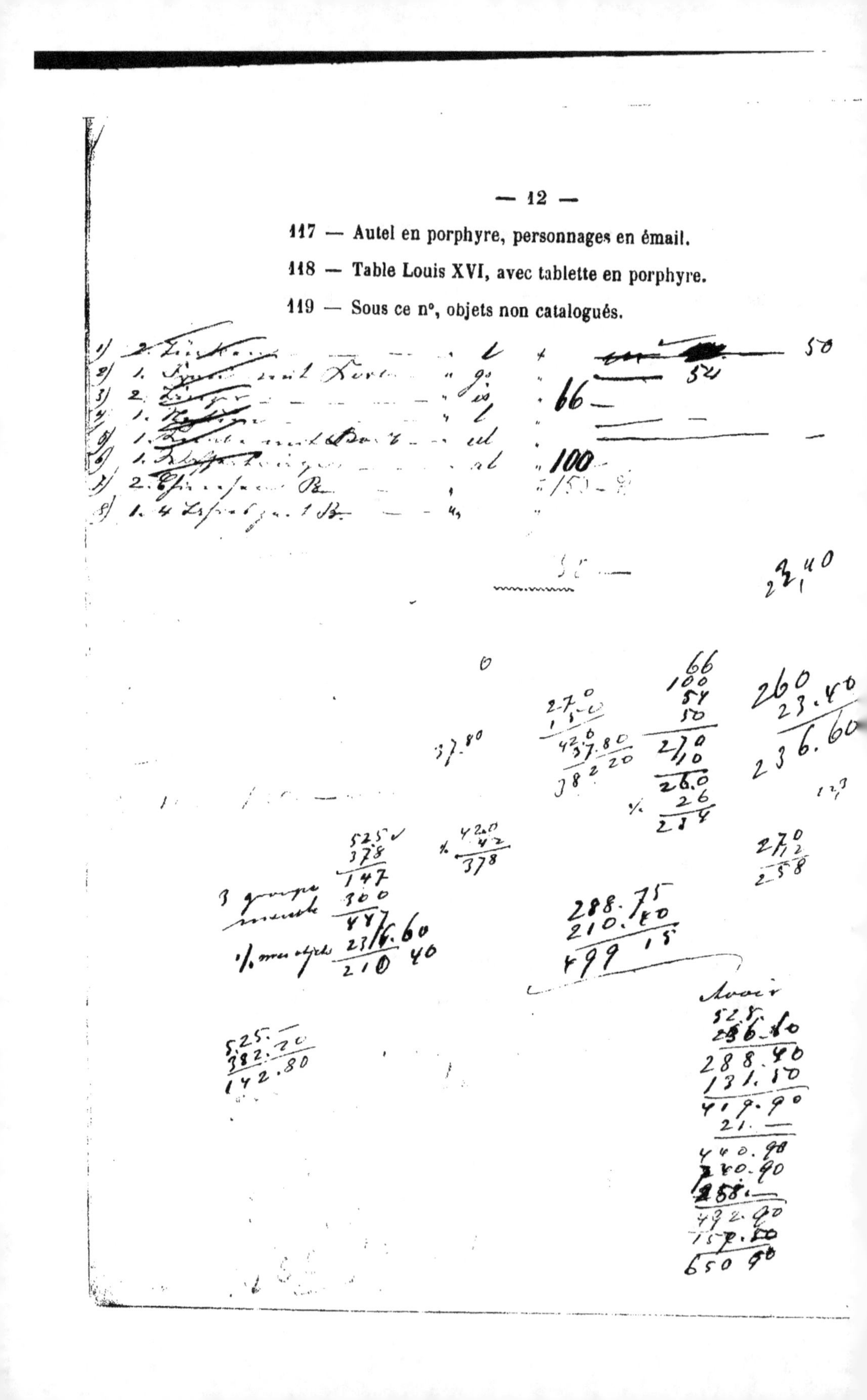

117 — Autel en porphyre, personnages en émail.

118 — Table Louis XVI, avec tablette en porphyre.

119 — Sous ce n°, objets non catalogués.